AF500551

DE
L'UTILITÉ DES DENTS,
ET
DE LEUR CONSERVATION.

DE L'IMPRIMERIE DE TIGER, A PARIS.

DE

L'UTILITÉ DES DENTS,

ET

DE LEUR CONSERVATION,

PAR M. DESMAREST,

DENTISTE, BRÉVETÉ DE S. A. R. MONSIEUR POUR LE NÉCESSAIRE BUCAL.

A PARIS,

Chez l'AUTEUR, place de l'Hôtel-de-Ville, n° 35.

AVIS PRELIMINAIRE.

Les dents sont un don utile et agréable de la nature; elles sont le principal agent d'une bonne digestion et le plus bel ornement de la bouche; le rire d'une gaîté franche en développe l'éclat. Une propreté journalière, souvent superficielle, ne suffit pas toujours à leur conservation; il y a tant de causes qui en provoquent la destruction, qu'on est obligé de recourir à l'art et à une expérience consommée pour remédier à tous les inconvéniens, toutefois lorsqu'ils ne présentent pas les obstacles insurmontables de la caducité, qui annonce une prochaine dissolution des dents. Tels sont les végétaux qui ne se régénèrent point dans un sol appauvri, puisqu'il manque des sucs nourriciers qui lui donnaient la vie ; mais dans le dépérissement des dents, un artiste peut encore être utile à l'humanité, en remplaçant par des dents artificielles celles qu'on devait à la nature. (Ces dents ont tout l'éclat des naturelles , et les remplacent dans toutes les fonctions broyantes qui évitent à l'estomac une longue et pénible élaboration.)

Les dents, par leur position mécanique et combinée, sont le clavier naturel de la parole, d'où les sons partent d'une manière relative à leur disposition. Si les dents sont confusément placées dans leur alvéole, c'est de l'art seul qu'on peut attendre plus d'ordre dans leur arrangement: l'art de la déclamation, comme celui du chant, réclame, dans cette circonstance plus particulièrement, les secours d'un dentiste. Combien de personnes, dans toutes les classes de la société, dont l'articulation est gênée, prononceraient plus distinctement et se feraient plus facilement entendre, si elles se donnaient la peine d'y avoir recours !

Le sein d'où jaillit un lait pur est le principal ouvrier de la dentition, et, au défaut de la mère, le choix d'une nourrice doit se faire avec la sévérité qu'impose l'amour maternel. Le régime d'une mère, dans le tems de sa grossesse et de sa nourriture, influe nécessairement sur l'enfant qu'elle porte et qu'elle allaite; ses alimens deviennent le bon ou le mauvais principe de la dentition; les ragoûts trop recherchés, les liqueurs, les acides, etc., sont autant de poisons qui se communiquent au gage naissant que la nature lui confie : c'est une jeune plante qui se flétrit et se dessèche dans un foyer trop ardent. Les affections morales d'une mère sont encore aussi nuisibles pour un enfant dans les maladies de son âge, que les causes physiques.

Les femmes spartiates et romaines se donnaient bien de garde de se faire suppléer par des nourrices; ce n'est que chez les peuples sybarites, où le luxe et la mollesse régnèrent, qu'on adopta cet usage mercenaire et étranger à la nature : l'orgueil de ces héroïnes et leur amour maternel les rendaient attentives envers leurs enfans ; elles ne s'en rapportaient qu'à elles-mêmes.

Je ne m'érigerai point en censeur de tous les goûts de la société, qui la plupart sont nuisibles à la conformation des dents, et trop souvent le principe des maux de l'enfance ; je n'irai point me livrer à des réflexions outrées sur la mise trop légère de nos Européennes, etc. Combien de victimes de la dissipation sont couvertes du voile funèbre qui les ravit à leurs familles au printemps de leur âge !

Des artistes, des philosophes même, ont écrit sur toutes les causes qui altèrent et détruisent les principes organiques de la vie des enfans, et de celle de leur mère. Je n'emploierai pas comme eux tous les moyens qui me sont particuliers pour en faire l'énumération; toutes mes observations deviendraient ennuyeuses par la quantité que j'en aurais à faire; je me bornerai donc au seul devoir de ma profession.

Le dentiste, dont l'art est mécanique, doit être observateur : c'est en cultivant cet art avec soin, et par des expériences multipliées, qu'il a l'assurance de juger si une opération est susceptible d'être faite, ou si elle ne présente pas des obstacles qui pourraient la faire retarder.

Comme toutes les mâchoires ne sont pas conformées d'une manière uniforme, que les dents ne présentent pas la même facilité pour en opérer l'extraction, j'ai cherché et je me suis procuré les moyens, par des instrumens de mon invention, d'extraire avec moins de douleur et plus de dextérité les dents susceptibles d'être opérées, malgré tous les obstacles de leur position.

Je me suis également occupé de la pose des dents et des râteliers artificiels.

Enfin, j'ai mis le plus grand soin dans la composition de poudres, opiat et élixir, qui entretiennent la propreté et la fraîcheur de la bouche, et renouvellent l'éclat de sa plus belle parure (1).

---

(1) Une économie mal entendue, que l'ignorance conseille et que l'avarice adopte pour s'éviter une dépense légère, fait employer le charbon pilé, le liège brûlé, le tabac et même la suie, dans l'espoir de rendre aux dents leur blancheur et d'en écarter toutes les matières tartreuses qui en ternissent l'émail. Si l'on prévoyait le résultat de ces dégoûtantes ressources, on se donnerait bien de garde de les employer : ces moyens déchaussent les dents et en altèrent l'émail.

DE

L'UTILITÉ DES DENTS,

ET

DE LEUR CONSERVATION.

DES MAUX DE L'ENFANCE

A L'ÉPOQUE DE LA DENTITION.

La naissance et la formation des dents sont l'ouvrage de la nature, et leur conservation dépend le plus souvent des secours de l'art, selon la bonne ou mauvaise constitution du sujet. L'enfant, dans le sein de sa mère, peut avoir eu le germe des dents altéré par différentes causes ;

la mère, dans sa grossesse, n'influe-t-elle pas sur l'enfant qu'elle porte, soit en l'assimilant en quelque manière à elle-même par la nourriture qu'elle lui donne, soit en lui faisant ressentir une partie des maux qu'elle éprouve et dont elle lui en laisse quelques impressions? (On ne peut douter qu'il y a des maladies transmises de père en fils, et que presque tous les enfans sont héritiers, tant de la ressemblance de leurs père et mère que de leurs qualités physiques et morales.)

L'on a remarqué principalement les maladies héréditaires: dans le nombre de ces maladies, j'ai eu occasion d'observer celles qui sont le plus préjudiciables à la dentition;

telles sont, 1° la phthisie pulmonaire; 2° le rachitisme; 3° l'épilepsie; 4° les scrophuleuses; 5° et les affections spasmodiques nerveuses: une mère qui est attaquée d'une de ces maladies ne doit pas allaiter son enfant, de même que l'habitude des boissons spiritueuses, les alimens âcres et acides sont également nuisibles à l'enfant, tant dans le sein de sa mère que ors de l'allaitement.

L'enfant qui tient le jour de parens âgés ne peut être que d'une faible constitution, et par conséquent la pousse de ses dents sera pénible et tardive: ces accidens se remarquent sur les dents dans un âge plus avancé.

De tous les maux qui affligent l'enfance, ceux qui proviennent d'une dentition pénible sont les plus alarmans ; mais les dangers qu'ils y courent ne sont pas dans la nature ; cette mère commune de tous les êtres, en confiant le premier âge aux soins de la maternité, doit compter sur les soins religieux qui lui sont imposés ; elle est bien loin de s'attendre aux inconséquences d'une mère ou de la nourrice qui la remplace ; et il est prouvé que le sixième des enfans est la victime de leur insouciance.

En effet, quelles sont les causes d'une perte aussi énorme dans la population ? Les opinions varient sur les conséquences qui en sont le principe : les uns veulent que le degré de sensibilité dans l'enfance soit le moteur des évènemens fâcheux qui contrarient la dentition, sans réfléchir que les gencives ne sont point un organe assez nerveux pour produire une irritation trop douloureuse; que les nerfs même entrent pour peu de chose dans l'acte de développement des dents, et que l'économie de l'enfance a des ressources bien plus certaines pour leur formati o graduelle; mais l'époque de la dentition n'en est pas moins orageuse pour les enfans, et en adoptant l'opinion de leur mobilité comme une cause principale de leur état de souffrance, c'est ne pas vouloir convenir qu'elle est une faible partie de l'origine de leurs dangers.

Des praticiens estiment que le principe de la douleur dérive de la pression des racines sur les alvéoles, sans faire attention que la pousse des dents caractérisée par l'élargissement des parois alvéolaires, et la résistance des gencives dans les efforts de l'éruption, occasionnent plus de souffrance que celle qui provient de l'organisation des racines, et contrarient bien davantage l'heureux don que la nature fait à l'homme.

D'autres enfin, en étendant ce premier principe de douleur, s'appesantissent sur le danger qu'il fait courir, et paraissent oublier que le tissu membraneux, que les dents naissantes cherchent à percer, est trop facile à soulever pour en craindre des suites alarmantes, surtout si les enfans sont sains, et si leur dentition n'est point entravée par une complication de maux qui lui sont étrangers.

Sans vouloir m'arrêter à toutes les recherches anatomiques de nos plus savans praticiens, et à tous les systèmes qui en sont les suites, je me suis borné seulement à démontrer les principales causes qui rendent l'époque de la dentition si fréquemment funeste à l'enfance; j'aurai le courage, comme Rosen, médecin suédois, et tous les praticiens français qui ont adopté son opinion, de lever le voile qui couvre les mères indifférentes, et le soin mercenaire des nourrices auxquelles ont peut attribuer, sans commettre une erreur, le mal-aise de leurs élèves et leur dépérissement progressif.

Dans cette circonstance, il faut que l'enfant ait une bonne nourrice, qui remplisse la tâche d'une mère bien constituée et bien portante ; ce n'est pas aux médicamens qu'il faut recourir, mais à un lait frais, bien choisi, et à une propreté journalière et attentive ; voilà ce qui le rétablira et lui donnera la force de faire ses dents. Si les affections sont plus ou moins graves, une bonne nourrice peut les faire disparaître entièrement ou les atténuer sensiblement.

Si au contraire l'enfant est livré à une nourrice dont le lait serait âcre et trop vieux, cet enfant perdra ses forces, ce qui achèvera de le mettre dans un dépérissement total, et même sa position peut faire craindre pour sa vie. (La nourriture mal saine ou un coupable abandon peut aussi devenir très-préjudiciable à ces faibles créatures.)

Ce que je viens d'indiquer pour les petits enfans est indispensable, puisque l'enfant bien portant en venant au monde acquiert souvent des vices qu'il n'avait pas; c'est ce qui dépend très-souvent de sa nourrice, et des soins que nécessite l'âge de l'enfant. Une nourriture étrangère peut encore produire en lui d'autres différences plus ou moins remarquables, tant pour le physique que pour le moral.

Si l'enfant tient le jour de parens bien constitués et bien portans, la pousse de ses dents se fera aisément et presque sans douleur ; et dans le cas où la mère ne nourrirait pas son enfant elle-même, il est bien essentiel qu'on ne livre cet enfant à une nourrice qu'après l'approbation du médecin ou chirurgien qui aura été à même de constater si elle possède les qualités que l'on doit exiger d'une bonne nourrice.

DE LA POUSSE DES DENTS.

L'ÉRUPTION des vingt premières dents doit être terminée de deux à trois ans : si cette époque se passe sans accident, il est à présumer qu'il n'en surviendra aucun. La chute de ces premières dents s'opère de six à sept ans jusqu'à dix et douze ans, et c'est dans cet intervalle que les pères et mères doivent faire visiter la bouche de leurs enfans trois ou quatre fois l'année, afin d'éviter la difformité des dents, ce qui nuirait beaucoup à leur conservation; car il n'en faut qu'une pour produire un dérangement total.

Il serait aussi à desirer que les directeurs de lycées, maîtres et maîtresses de pension, veillassent attentivement à la conservation des dents des enfans qui leur sont confiés.

Il faut s'abstenir de donner un couteau aux enfans lors de leurs repas, afin qu'ils mordent dans leur pain, ce qui facilitera la pousse de leurs dents et fortifiera la membrane alvéolaire.

Les jeunes personnes feront de même : il n'y a pas de meilleure brosse qu'un morceau de pain; il n'ettoye les dents et leur donne plus de solidité dans l'alvéole; effectivement, l'exercice continuel de broyer les alimens évite l'amas du tartre et empêche les dents de se déchausser.

DE LA CARIE.

La carie des dents, que différentes causes peuvent produire, est une des plus funestes maladies qui puissent leur arriver, et même il en est une sorte qui se propage avec tant de rapidité, qu'elle ne laisse pas une seule dent entière, malgré les soins que l'art peut suggérer au dentiste, et qui ne produisent toujours que de très-petits effets.

Il n'en est pas de même des autres caries, car l'on peut en arrêter les progrès avec succès, mais il ne faut pas attendre la douleur; ainsi du moment que l'on s'aperçoit qu'une dent commence à se gâter, ou à changer seulement de couleur, il faut, si l'on veut conserver ses dents, y remédier sur-le-champ en s'adressant à un dentiste recommandable par sa dextérité et sa délicatesse (il n'administrera rien contre sa réputation.)

C'est à l'artiste qui a votre confiance à reconnaître la situation de la carie, ainsi que son espèce ; ses talens et son expérience le mettront à même d'en juger.

La carie observée et reconnue, il faut en arrêter les progrès et en préserver, s'il est possible, les dents voisines ; c'est à l'artiste seul à décider ce qu'il doit administrer, soit en limant les dents, en les plombant, ou en en faisant l'extraction (rien n'est plus salutaire que la lime pour arrêter la carie : on plombe une dent pour éviter la douleur et empêcher la salive et les alimens d'y séjourner, et par ce moyen éviter d'avoir la bouche mauvaise); car la présence d'une mauvaise dent peut produire de grands accidens, tels que des fluxions souvent réitérées, l'amas du tartre, l'excroissance des gencives, des dépôts, puis des fistules qui produisent un écoulement continuel à l'extérieur de la bouche : dans cette circonstance, l'extraction seule fera cesser l'écoulement.

Il existe diverses causes : par exemple, des personnes perdent leurs dents sans douleur : ces accidents sont souvent causés par l'âcreté du sang et des humeurs qui se portent à la tête, et il en résulte des sérosités qui filtrent à travers les os maxillaires, ce qui détache les dents de leur alvéole; alors leur chute est prononcée. De même la salive âcre et limoneuse, les maladies graves où l'on a employé beaucoup d'acides, causent également la perte des dents, et ce n'est que par une extrême propreté et avec des gargarismes convenables que l'on peut retarder cette même chute de quelques années.

DU TARTRE.

Le tartre (1), très-souvent causé par la négligence que l'on apporte à s'en garantir et même à en arrêter les progrès, est un corps étranger qui s'amasse sur les dents, et particulièrement du côté où l'on ne mange pas : il est produit aussi par différentes causes, et son séjour gonfle et dilatte les gencives, les ronge peu à peu ; alors les dents se déchaussent, deviennent chancelantes, et leur chute n'est pas éloignée si l'on n'y apporte un prompt remède.

---

(1) Cause la puanteur de la bouche ; ce qui est désagréable pour la personne qui en est atteinte, et insupportable aux autres.

Pour prévenir tous ces accidens, il faut faire visiter sa bouche au moins deux fois par an, afin de garantir les dents de ce qui pourrait nuire à leur conservation.

La peur est ordinairement la cause que l'on perd ses dents plutôt qu'on ne devrait les perdre. En effet, l'idée que l'on se fait de l'opération cause tant d'impression, qu'arrivé à la porte du dentiste, la douleur diminue et même cesse totalement : les uns craignent l'extraction et prétextent que c'est une dent de l'œil (1), d'autres ont peur du plomb et de la li-

(1) La longue expérience nous a prouvé qu'il n'y avait rien à craindre pour les yeux.

me (1), et d'autres personnes disent que lorsqu'on fait nettoyer ses dents on en altère l'émail. Mais s'il en était ainsi, cette précaution serait donc inutile? Un mot suffira pour démontrer cette erreur (2). Souvent on s'aperçoit qu'une dent se gâte, et c'est quand elle fait souffrir que l'on a recours au dentiste; mais aussi souvent

---

(1) Si la carie est naissante, la lime ne causera pas de douleur.

(2) Les personnes de toutes les classes, qui font visiter leur bouche et nettoyer leurs dents deux ou trois fois l'année, sont-elles plus sujettes aux maux de dents, ou à les perdre, que les personnes qui, en parlant, laissent apercevoir des dents noires et couvertes de tartre, et laissent exhaler une odeur insupportable?

n'est-il plus temps de remédier au mal, et alors il est nécessaire d'extraire la dent. L'on fait pire encore par la quantité de remèdes que l'on y applique sans succès, et qui ne font qu'avancer la perte des dents.

Si les douleurs sont inflammatoires, toutes liqueurs acides et spiritueuses seront nuisibles; il est donc essentiel de consulter un dentiste, avant d'employer aucun remède, attendu qu'il a nécessairement plus d'intérêt à conserver les dents qu'à les détruire.

C'est chez le dentiste que l'on doit trouver les palliatifs nécessaires pour les maux de dents; s'il ne réussit pas toujours à ôter la douleur d'une dent, et à la faire tomber en ruines, au moins n'aura-t-il rien administré ou ordonné qui soit susceptible de nuire aux autres.

Il n'en est pas de même de différentes personnes qui ont toujours des remèdes pour toutes sortes de maux de dents; ces remèdes sont plus nuisibles que salutaires; car, par leur force, loin de guérir même la dent qui fait souffrir, ils déchaussent les autres et en altèrent l'émail.

Bien des personnes prétendent que la plupart des maux de dents sont causés par de petits vers qui s'y forment; mais en m'appuyant des anciens et des modernes qui ont écrit sur ce sujet, je dirai que rien n'est plus faux, et que les douleurs de dents ne sont nullement causées par ces insectes. Les dents sont formées de phosphate neutre, de chaux liée avec des sucs gélatino-albamineux : l'on y remarque trois substances, savoir : la partie émaillée, la partie qui se trouve au-dessous de l'émail, et la bulbe, qui est formée d'une veine, d'un artère et d'un nerf : c'est sur celle-ci que la salive, l'air, le froid et le chaud exercent leur empire, et principalement quand une dent est dénuée de son émail.

Il est bon de répéter ici ce que j'ai dit plus haut, que les dents sont utiles à la prononciation et à l'ornement de la bouche : leur principale fonction est de broyer les alimens et de les préparer aux organes digestifs ; les alimens une fois dans l'estomac, la nature les prépare à la digestion : il devient alors un centre d'actions qui attire de tous les points de la surface du corps ; chaque partie, chaque organe est imposé par lui à une contribution de force dont la recette se fait dans le département gastrique ; donc la digestion sera longue et laborieuse, si les alimens n'ont point subi, par les dents et les glandes salivaires, un premier apprêt (1) ; au contraire, si les alimens ont subi cet

---

(1) L'on a remarqué que les personnes qui se nourrissent d'alimens solides et grossiers ont presque toujours les dents fortes et très-propres par l'exercice habituel de déchirer et broyer les alimens, ce qui développe leur force et entretient leur propreté.

apprêt, la digestion sera toujours facile, n'apportera point de dérangement dans les organes gastriques, et il ne se produira aucun dégagement d'exhalaison fétide, capable d'altérer l'émail des dents ainsi que leur solidité.

Il résulte de tous ces détails que l'entretien des dents est indispensable. Effectivement, qu'arrive-t-il quand on a le malheur de perdre ses dents, et surtout celles de devant? les lèvres et les joues se renfoncent, le menton paraît plus long, les traits ne sont plus les mêmes; l'air entre et sort avec plus de rapidité, ce qui occasionne à se plaindre de faiblesse de poitrine, et souvent la salive s'échappe sur les personnes auxquelles on adresse la parole : c'est alors que l'on reconnaît l'utilité des dents (soit naturelles, soit artificielles.) Cette utilité est particulièrement reconnue par les personnes que leur état ou leur emploi oblige de parler au public.

Voilà, je pense, des motifs assez puissans pour engager les personnes à prendre soin de leur bouche et à ne rien négliger pour la conservation de leurs dents.

L'art de soigner les dents étant aujourd'hui parvenu à son degré de perfection, l'on peut aisément remédier à ces accidens : tout étant possible entre les mains d'un dentiste habile et adroit, il peut, par l'exercice continuel de ses opérations, surmonter avec succès les obstacles qui se présentent.

Toutes les personnes qui s'adresseront au sieur Desmarest peuvent être assurées d'avance de sa dextérité et de ses connaissances dans son art. Ont-elles éprouvé le désagrément de perdre leurs dents ? elles seront certaines de trouver chez lui la douce consolation de les faire remplacer (1).

On peut se faire poser une ou plusieurs dents, et même un râtelier complet sans ressentir la moindre douleur, et sans qu'il soit nécessaire

---

(1) Des dents artificielles et bien ajustées suppléent parfaitement au défaut de la nature.

de tirer aucune racine. Ces racines servent d'appui à ces mêmes dents artificielles, et les rendent solides au point de broyer les alimens, parler, rire et chanter sans craindre qu'elles ne tombent.

Un râtelier complet et bien ajusté est une métamorphose frappante ; une fois posé, les joues et les lèvres reprennent leur état primitif. Il rend l'organe et la prononciation plus libres à mesure que l'on s'y accoutume.

NOTA.

On trouve chez l'auteur des élixirs pour raffermir les dents (1), détruire les exhalaisons fétides de la bouche, et corriger celles de l'estomac.

On peut s'y procurer aussi poudre (2), opiat (3) et généralement tout ce qui peut contribuer à la propreté et à la fraîcheur de la bouche.

De plus, il possède encore de puissans palliatifs contre les douleurs de dents, ainsi que des colliers anodins,

(1) 3 francs et 6 francs.

(2) 2 francs, 4 francs et 6 francs.

(3) 3 francs et 6 francs.

reconnus pour faciliter la pousse des dents aux enfans et modérer les funestes convulsions dont ils sont souvent atteints (1) : on peut reconnaître les bons : il faut que la macération de la perle soit de couleur jaune-pâle.

Les mères et nourrices qui font porter ce collier à leurs nourrissons, ont observé que ce collier est susceptible de changer de couleur, selon le bon ou mauvais état de santé de l'enfant. Il ne change point de couleur tant que l'enfant est dans un état de parfaite santé, et il se noircit quand l'enfant éprouve des incom-

---

(1) Prix, 6 francs.

modités, et progressivement lorsque ces incommodités augmentent.

Il est facile de s'en convaincre dans les différentes époques de la dentition.

MANIÈRE

D'EMPLOYER CES ELIXIRS, POUDRES ET OPIATS.

Elixir.

Une demi-cuillerée à café dans un demi-verre d'eau, suffit pour se laver la bouche.

Poudre dentifrice.

Tremper légèrement la brosse dans l'eau, ensuite dans la poudre, s'en frotter les dents, puis se laver la bouche.

Autre poudre (1) contre la douleur de dents.

Cette poudre remplace le cautère; son effet est plus lent et moins douloureux.

Humecter une petite boule de coton, la rouler sur la poudre, et ensuite l'introduire dans la carie, pendant l'espace de 4 à 5 jours de suite en se couchant, suffit le plus souvent pour éteindre la douleur.

Opiat fin au sirop de mûres et à la menthe.

Gros comme une pillule suffit pour

(1) Prix, 3 francs.

nettoyer ses dents et ranimer la couleur des gencives et des lèvres (beaucoup de dames, à certaines époques, ont souvent la bouche pâteuse, limoneuse et quelquefois mauvaise; dans ce cas elles se serviront de l'opiat deux ou trois fois par jour, mais seulement avec le bout du doigt.) Les personnes dont les humeurs se portent à la tête employeront les élixir et opiat avec succès.

FIN.

www.ingramcontent.com/pod-product-compliance
Ingram Content Group UK Ltd.
Pitfield, Milton Keynes, MK11 3LW, UK
UKHW012107240726
13965UKWH00004B/1616